PERDÍ MI SONRISA
Título original: Ik kan weer lachen

D.R. © Del texto y las ilustraciones: Clavis Uitgeverij, Amsterdam - Hasselt, 2000
D.R. © De la traducción: Laura Emilia Pacheco

D.R. © De esta edición:
Santillana Ediciones Generales, S.A. de C.V., 2006
Av. Universidad 767, Col. Del Valle
México, 03100, D.F. Teléfono 5420 7530
www.alfaguarainfantil.com.mx

Altea es un sello del **Grupo Santillana**.
Éstas son sus sedes:

ARGENTINA, BOLIVIA, CHILE, COLOMBIA, COSTA RICA, ECUADOR,
EL SALVADOR, ESPAÑA, ESTADOS UNIDOS, GUATEMALA, MÉXICO, PANAMÁ,
PERÚ, PUERTO RICO, REPÚBLICA DOMINICANA, URUGUAY Y VENEZUELA.

Primera edición publicada en Bélgica por Clavis Uitgeverij, Amsterdam - Hasselt, 2000
Primera edición en Aguilar, Altea, Taurus, Alfaguara, S.A. de C.V.: febrero de 2003
Primera edición en Santillana Ediciones Generales, S.A. de C.V.: marzo de 2006

ISBN: 970-29-0667-9

Primera reimpresión en Venezuela 2007
en Fanarte C.A. 2000 Ejemplares

PERDÍ MI SONRISA

Thierry Robberecht y Philippe Goossens

Altea

Ayer perdí mi sonrisa
en el patio de la escuela.
¡Y todos veían mi boca!

"**¿Estás enojada?**", preguntaron.
Hasta Justine, mi mejor amiga, me dijo:
"¿Te dieron un pisotón?"
"Claro que no", respondí de inmediato
y traté de sonreír.

"¿Qué pasó con tu sonrisa?", preguntó mamá. "Espero que vuelva pronto. Sin ella el mundo no es tan hermoso." No dije nada. Me tapé la boca con las manos para que no la viera mi mamá.

"**Espera un minuto**", dijo papá. "Voy a hacer que tu sonrisa reaparezca en este instante."
Volvió vestido de payaso y haciendo caras muy graciosas.
Papá siempre es el payaso más simpático del mundo, pero ayer le dije que prefería sentarme en sus piern

¿**Esa sonrisa** tiene que estar ahí todo el tiempo?

¿Me quieren a mí o a la estúpida sonrisa?

Yo sabía dónde estaba mi sonrisa:
en la boca del niño al que se la di.

¡**Pero** no me la devolvió!
En vez de eso, se burló de mí.

Él y sus amigos me hicieron burla. Vi los pedacitos de mi sonrisa en sus caras.

Mi tía Gruñilda dijo que era mi culpa.
"¡Uno no va por la vida sonriéndole al mundo!"

Mamá dijo que no tenía de qué preocuparme.
Que tengo suficientes sonrisas.

Esta mañana le pedí al niño que me la devolviera.

Estaba tan avergonzado que se sonrojó, tropezó y cayó sobre su mochila.

Y entonces recuperé mi sonrisa
de inmediato..